ウグイス嬢の波乱万丈人生物語

伊勢さつき
Satsuki Ise

文芸社

プロローグ――〝語り〟こそ我が人生

平成三〇（二〇一八）年六月二三日、私は川崎市にある生涯学習支援施設『アリーノ』のホールの舞台に立った。私の著書二冊を読んだここの館長さんから直々に依頼され、この場で講演会を開くことになったのである。

会場に並べられた椅子席はすべて埋まり、定員オーバー。立ち見も出るほどの盛況ぶりであった。観客席に座る人々は、壇上に現れた私の姿を期待に満ちた瞳で見つめている。

さあ、いよいよ伊勢さつきの〝語り〟の始まりである。

八〇代になっても、私の体の内にみなぎるエネルギーはいまだ衰えることを知らない。いつも、さまざまな人々と出会い、ふれあい、新鮮な刺激を受けているからだろうか。それもあるのだろうが、自分がこれまでの人生の中で蓄えてきた知識や経験を総動員して、鍛え抜いてきた声で〝語り〟という技を披露するとき、より多くの人々と〝語り〟を共有したいと思うとき、自然と体の芯から熱いものが沸き立ってくるのである。

これは私が若い時代から、バスガイドやウグイス嬢という人前で語ることを仕事としてきた経験が大きく関係しているのかもしれない。さすがに今ではこういった仕事からは身を引いたが、長年にわたって染みついた性(さが)とでもいうべきものが私の内に脈々と流れ続けているのだと感じ入るのである。

この日の講演会のために先方が準備してくれたポスターには、『八〇代のマルチ活動家　伊勢さつきさんに学ぶ』とある。他人が付けてくれた肩書とはいえ、なるほど〝マルチ活動家〟とはなかなか言い得て妙だと感心する。

私は現在、「さつき会」というグループの朗読講習の講師を務めるほか、高齢者施設でいろいろな物語や歌を披露するボランティア活動や、戦時中に私自身が体験した横浜での空襲を語り聞かせる「横浜空襲を記録する会」などの活動に従事している。自分の得意技である〝語り〟を通して、人々に喜んでもらえることをしたいと、マルチに、日々忙しく動き回っているのである。

この日、私の生き様をテーマとした講演会で選んだのは、横浜大空襲での体験であった。さらに語り部として戊辰戦争一五〇年祭に合わせて『会津白虎隊秘話』と、開国の恩人『唐人お吉物語』の二つの話を披露した。一〇〇を超える持ちネタのなかでも、特に私が得意とする演目を選んだのである。

語り部として立つ舞台では、朗読とは異なり、本や原稿を読むことはしない。前年九月には、川崎市内の宮前市民館で「活躍した地域の人物」をテーマに講師を務めたが、そのときも原稿などを見ることなくこれまで蓄積してきた言葉で語った。語るべき言葉はすべて頭の中に入っているのだ。

この日、ホールの舞台のマイクの前に立った私は、大きく息を吸い込み、悲しき白虎隊の若人たちの物語を語りだした。会場に私の声が響き渡ると、目の前の観客が徐々に私の声に集中していくのがわかる。〝語り〟の中に引き込まれていくのである。最後はアンコールに応じて、名作『江の島エレジー』の映画説明を追加した。

〝語り〟は何も道具を必要としない。私の身一つで、物語の世界観を表現していく。言葉で紡がれたストーリーを心で咀嚼して、登場人物の悲しみや苦しみ、怒りや悔しさ、喜びや愛しさを感じ取り、その思いを声に乗せながら語っていく。すると、私が伝えたいと思った世界観が、耳を傾ける人々の心へと沁みわたって、感動を呼び起こす。何物にも代えがたい至福の瞬間である。

語り部として存在するとき、私は他人と心でつながっていることを実感する。これこそが私にとっての〝語り〟の大きな醍醐味となっている。

八〇歳を過ぎても私の声に衰えが見られないのは、もちろん日々の精進があってのことなのだが、何より私の〝語り〟を楽しみにしてくれる人たちがここにいることが大きい。私は命のある限り語り部として存在し続けたいと思っている。

そして私には〝語り〟という技量があったからこそ、これまでの幾多の苦難にも心が折れることなく、生きていることの喜びを実感し、豊かで実り多い日々を過ごすことができたのだと改めて思う。

〝語り〟と共にあった私の人生を、今、振り返りながら綴ってみたい。

伊勢さつき

もくじ

ウグイス嬢の波乱万丈人生物語

Talk 1
10代の少女弁士

貧しかった中学、高校時代。人前に出ることに物怖じしない少女は、舞台に立って多くの人から注目される「弁論」の世界に身を投じた。多くの歓声と拍手。自分が認められていると感じられる瞬間は、何物にも代えがたい喜びであった。

「きみの朗読はとてもうまい」

私が人前で語ることの喜びを感じるようになったのはいつからだっただろうか。思い起こせばまだ小学生の頃の私は、人前に出ることに怯える子ウサギのような子どもだった。

私が生まれてからしばらくは父の商売が順調で、両親にとっては長男を亡くしたあとの初めての女の子だったこともあり、それこそ「蝶よ花よ」と大切に育てられた。しかし、戦争が激化すると商売は立ちゆかなくなり、父も軍に招集され、我が家は困窮を極めた。

終戦を迎えたのは私が小学二年生の夏のことだった。父は戦争から戻ってきたものの、横浜市内にあった我が家を焼失。さらに父は仕事も失い、私たちは知り合いを頼って他県に身を寄せた。その後、横浜郊外の下永谷に土地を購入して、やっと家族が落ち着いたのは、翌昭和二一（一九四六）年のことであった。

戦後に妹や弟が生まれて五人の子どもがいた。父が建てた掘っ立て小屋に七人家族が住まう。永谷村では直接の戦禍を被っていなかったため、地元の農家の人々の暮らしは豊かであったが、我が家は自給自足の生活で食べることもままならず、身なりはたいそうひどいものであった。

小学校では同級生たちだけでなく、先生たちも児童を差別した。戦争の被害者であるだけのはずなのに、薄汚れた服を着て、十分な食事もとれないよそ者の私たちは、学校でも肩身の狭い思いをしていた。だから私は、人前に出るどころか、なるべく目立たないように、人から後ろ指をさされないように、息を潜めるように過ごしていたのである。

そんな私に転機が訪れたのが小学六年生のときである。

「きみの朗読はとてもうまい」

そう言ってくれたのは、新任で入ってきた若い男のS先生だった。私は生まれて初めて、家族以外の大人から褒めてもらえる経験をした。振り返ると、私の能力を最初に認めてくれたのは、まさしくS先生だったのではないかと思う。

それからは国語の時間に教科書を読む順番がくると、私は意気揚々と文章を読み上げた。誰にも負けないものがある。そう信じられるだけで勇気を持つことができた。戦後の混乱期をくぐり抜けた少女は、優しいS先生に憧れを抱いていた。

S先生は私の朗読を褒めてくれただけでなく、何くれとなく目をかけてくれた。その先生も家が貧乏だったが、お母さんが苦労して大学まで卒業させてくれたということだった。洋服を買うことができないのか、いつも大学時代から着ていた詰め襟の制服のようなものを身につけていた。だからこそ貧しい子どもにも、分け隔てのない愛情を注いでくれたのだろう。

S先生が学校に演劇部を作ってくれ、興味があった私はさっそくその部活動に参加した。私の朗読や作文の才を認めてくれたのか、あるとき先生から舞台の脚本を書くことをすすめられた。よくわからないながらも一つのお話を書いてみた。すると先生がとても褒めてくれて、そのお芝居を最後の学芸会で披露することになった。

小学校では年に一回、学芸会がある。もともと本を読むことが好きだった私は、物語を演じるということにとても興味があった。舞台に立って、今の私とは違う誰かを演じられたら、どんなに素晴らしいだろうと思っていた。しかし、そんな淡い期待がかなえられることはなく、学芸会で役をもらえるのは決まって地元の名士と呼ばれる家庭の子どもたちだった。

そんな私にS先生はチャンスを与えてくれた。主役ではなかったけれど、役をもらい、私は初めて舞台に立ち、人前で演じることができた。

多くの人たちが見守る中、私がセリフをしゃべるとみんなの注目が集まった。初めての舞台ではあったけれど、堂々と役を演じることができた。

なんて心地よい瞬間なのだろう。心からそう思った。

振り返れば、このときの体験が私の心に小さな灯火を点けたのである。人前で語ることの喜びと手応えが、その後の私の人生において常に生きる支えとなってくれた。まさしく〝語り〟人生のスタートだったのではないだろうか。

パットンの快進撃

小学校は閉塞された村社会のようなところだったが、中学校に進むと環境は大きく変化した。私が入学した地元のK中学校は七つの小学校から生徒が集まるマンモス校だった。一学年七クラスもあり、全校生徒を合わせると一三〇〇人ほどになっただろうか。これだけ多くの生徒が集まると、小学校時代のように、あの子はどこの家でお金持ちだ、貧乏だという区別もなくなった。私も周りを気にして肩身の狭い思いをすることもなくなり、少しずつ本来の明るさや積極性を出すことができるようになっていた。

勉強では文系の国語や社会、歴史が得意だったのだが、なかでも特に国語が好きだった。授業中、教科書に載っている文章を一人ずつ順番に読んでいくことがある。私はよく通る声ではっきりと文章を読み上げる。読む文章が小説の場合は、恥ずかしがらずに感情を込めて読むので、先生や他の生徒たちが聞き惚れてしまうほどだった。それだけ朗読の技術は際立っていたのだろう。先生は私の番がくると、他の生徒よりも何行か多く読ませるのが常だった。

国語の朗読で自信を得た私は、他の科目の授業でも積極的に手を挙げて意見を言うようになった。また、友だち同士がもめごとを起こすと、見て見ぬふりができず、すぐに仲裁に入り、事を収めた。気の強い男子生徒が文句を言っても、言い負かしてしまうほどであった。次第に私はクラスのリーダー的な存在になっていった。

戦後のこの頃、第二次世界大戦でアメリカ最強の戦車軍団を率いたパットン将軍の名を借りて、気が強く猪突猛進型の私は男子生徒たちから「パットン」というあだ名までつけられてしまった。

中学二年生のとき、校内で弁論大会が開かれることになり、クラスから代表を一名選ぶこととなった。小学校時代とは打って変わり、クラスの中心的な存在になっていた私と、級長をしている男子生徒とのどちらかを選ぶこととなった。クラス内の投票で決められることになり、わずか数票差であったが、私がクラス代表に選ばれたのである。

　みんなの前では少し困ったふりをしたが、心の中では「快哉！」と叫んでいた。やはり私は人前に立ち、注目されることが好きだったのだと思う。

　さっそく原稿を書くことにした。弁論のタイトルは『私の妹』にした。一一歳違いの妹との出来事を、姉妹愛をテーマにしてまとめた。そして、担任の先生に原稿を見せたのだが、理科の先生だったので「国語はわからん」と言って読んでもくれなかった。仕方がないので私は自分で書いた原稿をそのまま一字一句、間違いのないように暗記した。

　私はその頃、自宅から約四キロ離れた中学校まで徒歩で通っていた。最初はバス通学だったが、一時間に一本しか便がないため、一本乗り遅れると、停留所で一時間待たなければならなかった。家庭の事情もあってバス代を節約したいと考えて、一年生の途中から徒歩通学に切り替えたのだ。

　当時の通学路は家も少なく、雑木林のような山道が延々と続いていた。私はそこをいつも一人で歩いていたのだが、弁論大会への出場が決まってからは、その道を歩きながら自分の書いた文章を暗唱した。周りに人がいないのをいいことに、声を張り上げて、繰り返し繰り返し練習したのだった。

こうした練習の成果もあり、本番の弁論大会では自信があった。壇上に立つと臆することなく、持ち前のよく通る声と滑舌のよさで、暗記した文章を間違えることも言い淀むこともなく、一気に発表することができた。そして結果は見事に優勝。クラスメートたちも大いに喜んでくれた。

翌年、私は弁論大会で再び優勝したいと意気込んでいたが、先生から前年優勝した生徒は次の年には出られないという決まりがあると言われ、断念せざるをえなかった。それでも前年優勝者ということで、模範弁論を披露することができ、どうにか自尊心を満足させたのである。

人前で話すことを苦手にする人も多いようだが、私は一〇代半ばにしてすでに違っていた。よく通る力強い声を先生も友だちも褒めてくれた。中学校での弁論大会の優勝経験は、自分に誇れるものがあるという自信になった。当時、将来の夢は弁護士になることだった。

人前で話すためにはそれなりの努力が必要なのかもしれないけれど、私はまったく努力した覚えがない。というより、話したくてウズウズする。これは生まれもった素質のようなものではないかと思っている。

話は少し飛ぶが、私の父は、経済的にゆとりができた四〇代の頃から好きな民謡を始めたのだが、県の民謡コンクールで何度も優勝するほどの実力があり、民謡教室を開いて弟子を抱える有名な師匠になった。その力強く響き渡る声は高い評価を得ていた。もしかすると、私は父から声というカタチにならないものを引き継いでいたのかもしれない。

弁論部の紅一点

中学校時代の校内弁論大会で優勝という実績を収めることができたことは、家が貧しく、肩身の狭い思いをすることの多かった私の、小さな自尊心を満たしてくれた。だが、まだまだ井の中の蛙である。もっと大きな舞台で、自分の力を発揮したいという向上心が私の中で芽生えていた。

高校に入ると、嬉しいことにそこには弁論部というものがあった。人前で弁舌をふるうことなど、当時の女子生徒たちにとっては考えられないことだったようだが、しかし私は違った。とにかく中学時代の実績があったから、男子生徒が大多数を占める弁論部に物怖じもせずに入っていった。

さすがに高校の部活動だけあって、先生の熱心な指導もあり、内容も本格的なものであった。私はそこで情熱を燃やした。その熱意が認められて、まだ一年生ではあったけれど、校内の大会に出場させてもらうことになった。

私が壇上に立つと、ちょうど一人の上級生の男子が会場に入ってきて、最前列に座った。私は胸がドキッとした。私が入学して二か月ほどしたときに偶然すれ違い、初めてピピッと淡い恋心を抱いた先輩だったからだ。一六歳の私は胸をときめかせながらも熱弁をふるい、先輩たちを差し置いて優勝したのである。

私は学校代表として神奈川県大会に出場し、そこでも優勝。神奈川県の高校生代表として、全国大会に出場することになったのだ。

私は伝統ある高校の弁論部に在籍していたが、この高校から県代表に選ばれた生徒は初めてであった。しかもまだ一年生であり、女子である！　当時としては極めて珍しく、「学校始まって以来の快挙！」と先生や同級生たちから大いにもてはやされた。

しかし、周囲の狂騒ぶりを横目に、私はすでに次の目標を見据えていた。心はすでにその先にあり、一か月後の全国大会で優勝したいという思いが湧いてきたのである。猪突猛進、前へ前へと進みたい性格と負けず嫌いが闘争心に火をつけたのだ。

全国大会は東京・市ヶ谷にある法政大学の講堂で行われた。こんな立派な講堂を私は見たことがなく、この舞台に立つのかと思うだけで足が震えた。見回すと、出場者の中で女子生徒は私一人しかいなかった。周りの人たちが、私のことを興味深そうに眺めている。「女だてらに、生意気だ」とその目が言っているようで、余計に私の心を奮い立たせた。

弁論時間は六分。自分の順番を控室で待っていると、大きなヤジの声が聞こえてくる。弁論にヤジはつきもの。これに怯んではならないのだ。だが、弁論を終えて戻ってくる男子生徒たちは軒並み大汗をかいて放心したような表情をしている。大舞台でたくさんの観客からヤジを浴びせられて、我を失ってしまったのだろう。

その姿を目前にして、私は高鳴る動悸を抑えながら負けてたまるかという思いを強くして壇上に立った。すると唯一の女子生徒の登場に観客席は色めき立った。ざわざわとした気配を感じながら、私は第一声を発した。すると、その瞬間にあらゆる方向からヤジが飛んできた。記憶していた一行が頭の中から消えたが、私は負けまいとしてとっさに二行目につなげ、繕い、平然を装いながら語り始めると、次第に観客席のヤジの声が消えていった。話し終える頃には、会場はシーンと静まり返っていた。いつの間にか私の言葉の一つ一つに耳を傾ける聴衆がいたのである。

優勝という大きな目標を掲げていたものの、やはり全国の壁は厚かった。初出場での表舞台だったが、それでも自分なりに精一杯力を出し切った結果、東京都代表とは二点差の全国四位という評価を得られた。

大会終了後、審査員の一人から声をかけられた。県大会では審査委員長を務めていた方だ。

「君、残念だったね。あのミスがなければ上位だったのに。また、来年がんばりなさい」

この大会が神奈川新聞に大きく報じられたこともあり、私は満足することができた。この成果は、私の生涯で忘れられない最高の良き思い出となっている。

若きバスガイドの誕生！

本来であれば、このまま充実した高校生活を送り、弁論部で技術を磨いて、果たせなかった全国一の称号を目指すこともできたかもしれない。しかし、我が家の経済状況がそれを許してはくれなかった。「女に学問は必要ない」と考える両親を説得して高校に進学したものの、五人きょうだいの長女として、家のためにお金を稼がなければならないほど、当時の我が家の家計は逼迫していた。私は高校を中退して、働くことを決意しなければならなかったのだ。

弁論への情熱と淡い初恋への思いを断ち切る無念さに、そのときは自分の運命を恨んだものだが、今振り返れば、実はこの決断が新たな人生を切り拓く転機となるのだから、人生とは不思議なものである。

高校二年生の秋になると、私は職業安定所に通いはじめた。その頃はまだ将来の目標を考える余裕もなく、ただ家族のために働かなくては、という思いだけが先走っていた。

就職難の時代ではあったが、いろいろと仕事を探すうちに、私は一つの仕事に目を留めた。東京に本社がある大手鉄道会社が運営するバスの車掌の仕事であった。バスの車掌になりたかったわけではない。興味を持ったのは、その付帯条件に「バスガイドにもなれる」とあったからだ。

当時、バスガイドは女性が憧れる職業の一つだった。おしゃれな制服を身にまとい、いろいろな場所を旅しながらお客様を案内する。華やかな職業婦人として、多くの若い女性たちの憧れだった。加えて私は、人の前で話す仕事であることに、とても魅力を感じていた。

中学でも、高校でも、私の話す言葉の聞きやすさやよく通る声は、誰からも褒められた。私自身、人前で話すことは大好きだ。まさにこれは天職と、私は高校を中退する未練、悔しさを忘れ、バスガイドを夢見て社会人になることを決意した。

入社した当初は、車掌としての実務を徹底的に教え込まれた。切符の切り方から車内清掃など、細々とした仕事だ。私はそれらを学びながら、一番バスが五時には出発するために早朝の四時から出勤することもあった。揺れ動く車内勤務を真面目にこなして働いた。すると一年後、その仕事ぶりが評価されたのか、念願のバスガイドへの道が拓けたのだ。

昭和三〇年頃のバス旅行は、戦後の苦しい時代を生き抜いてきた人たちが、ようやく少しだけゆとりができ、庶民にも手が届くようになっていた。

伊豆、箱根、日光などの人気の観光地への、日帰りや一泊のバス旅行が、当時は人気の娯楽だったのである。持ち前の明るさとよく通る声で、得意の物語などを披露し、私のバスガイドとしての評判も徐々に上がっていった。朝早くから夜遅くまでの長時間労働。夜行の泊まり仕事も増えた。ときには日帰り勤務の終了後にバスの車内の掃除を終えて寮に帰り、少し休んだらまた夜行のバスに乗るということもあった。今では考えられない過酷な勤務である。

だがどれほど忙しく仕事をしていても、私は疲れることを知らなかった。「ガイドさ~ん、劇団にいたんですか?」と、嬉しいお客さんの言葉も励みになった。これぞ天職、そう思えるほどにバスガイドは私の性に合っていた。

淡い初恋は夢と消えたが、社会に羽ばたいた私を待っていたのは、生涯忘れえぬ人々との出会いであった。

Talk 2
渚に咲いた恋物語

念願のバスガイドになって二年。私は運命の人と出会った。純粋だった二人には、越えてはいけない壁があった。決して結ばれないとわかっていても、恋しい気持ちを止めることはできなかった。

惹かれ合った二人

拝啓

今年ももう残すところ幾日もなく、街の賑やかさも一段と活気を帯びて参りました。

先月の我々の旅行の際には一同お世話になり、誠にありがとうございました。貴女の名案内と鈴木さんの名運転で、少しも退屈せず、少しも心配せず、愉快な一日を送ることができました。ともすると我々職員と現場の人たちとの間には一つの断層があり、一緒の旅行では何かと不快なことを起こしがちですのに、和気藹々として心が一つに融け益すところ大いなるものがありました。これも貴女のガイドとしての手腕と素直な人格からにじみ出た雰囲気が為したものと敬服しております。

貴女の勤務ぶりには、貴女が私の一番下の妹と同年という年齢を超越させる生活力がひしひしと感じられました。

　これを機縁に親しくして戴けたら幸いと存じます。

　遅くなりましたが、当日の記念写真をお送り致します。実は直接お渡しししようと会社にお電話したのですが、ちょうど貴女は東京方面に行かれて、まだお帰りがないとのことでしたので、お渡しを断念し筆をとった次第です。

　これからは寒さもますます厳しくなることと存じます。お風邪などひかぬよう、健康に十分留意されてお仕事にお励みになられるようお祈り致します。

　また夜分お暇の折には、「職場は年中無休」、ご連絡などいただければ幸いです。

（ＴＥＬ　三浦　〇〇〇〇番）

　雑談などに時を過ごすのも一興ではないでしょうか。それではごきげんよう。

敬具
丸山隆
昭和三二年一二月七日
伊勢さつき様

その日、仕事が終わって会社の女子寮に帰った私は、いつものように舎監室前のテーブルに置いてある自分宛ての手紙を手にした。可愛い小学生や青年、農協や婦人会、老人会などの人たち、自衛隊や会社員の方など、団体旅行で私のバスに乗ったお客様から、嬉しい礼状の数々が、私の元には毎日のように届いていた。

その中に一通、几帳面な文字で「伊勢さつき様」と書かれた封書を開けると、前述の内容がしたためられた手紙が入っていたのだった。

丸山隆――。その名前を見て一か月ほど前に箱根へご案内した建設会社の旅行の幹事さんであることを思い出した。今、地元を賑わせている大規模な橋をつくる工事を請け負う東京の立派な会社の社員で、工事が完了するまでこちらに出向していると言っていた。現場の工事関係者との親睦を兼ねて催されたバス旅行に私はガイドとして添乗したのだ。

建築関係者というのは、体格も立派で荒々しい雰囲気の人も多いのだが、彼はまったく違っていた。ほっそりとした体型、細面のスッキリとした顔立ち、繊細で知的な雰囲気が、集団の中ではひときわ目を引き、とても印象深かった。私が名所の説明をしているときには、何度も目が合った。バスガイドの勘とでも言おうか、私に対する何らかの好意を持っているように感じられた。これまでもお客さんからそういう視線を受けることはよくあった。だがいつもと違うのは、私の中にも何か心にときめくものを感じたことだった。

私はその日のことを思い浮かべ、すぐに赤電話へと走った。写真のお礼を伝えなければ、というのは自分への言い訳で、もう一度この人の声を聞きたいという思いが、私の気持ちを突き動かしたのだ。

電話はすぐにつながり、隆が電話口に出た。私からの電話だと知ると、とても嬉しそうな口ぶりになった。

最初は互いに旅行の出来事や写真のお礼を言い合っていたが、そのうちに最近の個人的な出来事など、とりとめのない会話へと移っていった。互いの声が弾んでいる。隆も私の電話を喜んでいるのだと感じたとき、突然、デートに誘われた。

もちろん、ノーとは言わない。

私たちは、バス会社の女子寮と彼の会社がある市街地のちょうど中間地点となる商店街の純喫茶「スワン」で待ち合わせをした。約束の日、私は胸をときめかせながら店のドアを開けると、隆はあのときと同じような優しい笑顔で迎えてくれた。

バスガイドは季節によって忙しさが大きく変わる。ようやく観光シーズンがオフに入り、私も自由な時間が取れるようになって、私たちはこの店でたびたび会うこととなる。

逢瀬は互いの仕事が終わってからの夜のひととき。喫茶店のいつものテーブルで向かい合う。隆は教育論や文学論から、政治経済、音楽、スポーツまで、さまざまな話題を持ち出してはユーモアと知性あふれる話を繰り広げた。

私はいつの間にかこの店で、今まで知らなかった分野のことや世の中のことなど、豊かな高等教育の授業を楽しく受けていたのである。

また隆の話を聞いていくなかで、彼の父親はT大卒の弁護士会会長であり、弟もT大を卒業していると知った。手紙に出ていた私と同い年という妹は、O女子大に在学中だという。そして隆はC大の法学部出身の二六歳であった。

戦争で家を焼かれ、何もかも失って家族七人、身を寄せ合うようにして生きて、貧しさゆえに高校さえも卒業できなかった私とは別世界の人――。あまりにも身分が違いすぎる隆とは、当然添い遂げることはできないと知りながら、会わずにはいられない。心の奥底に潜む乙女心は妖しく燃えるのだった。

時間にゆとりがあるとき、私たちにはお決まりのデートコースがあった。喫茶店から海辺までの道をゆっくりと歩くのだ。ただ歩きながら近況を話し合うだけなのだが、それでも私の心は幸せでいっぱいになった。

そんな私の気持ちを、隆は知ってか知らずか、優しく笑顔で語りかけてくれるものの、けっして私に指一本触れようとはしないのだ。その潔癖さにもまた、私は強く惹かれたのであった。

夕刻になると水平線に落ちていく夕日が岬をオレンジ色に染めていく。私たちも一緒に夕日に染まりながら、隆は決まってその頃に流行っていた和田弘とマヒナスターズの『泣かないで』という曲を口ずさむ。そのフレーズが心に染み入るようで切なかった。

さよならと　さよならと　街の灯りがひとつずつ
消えて行く　消えて行く　消えて行く
その手を早く離しておくれ
涙を早く拭いとくれ
明日の晩も会えるじゃないか

この黒髪に触れもせず

出会ってから半年ほどが過ぎても、私たちの関係は変わらなかった。会って、話をして、別れる。そしてまた会う……。彼の指はけっして私に触れようとはしない。私はその距離を縮めてほしいと思ったけれど、純情な乙女は、内に潜む女を口に出すことを恥じらった。

春の行楽シーズンを迎えると、私は公休日返上で毎日のようにバスで観光地を巡る日々を過ごしていた。そして久々にとれた休日、隆とデートを約束した日は、私の誕生日だった。

横須賀まで足を延ばし、ジャズが賑やかに響き渡る大滝町通りを抜け、私たちは軍艦三笠が停泊し、猿島を望む公園へと足を運んだ。暮れなずむ夕暮れどき、私たちは公園のベンチに座る。

「あなたは二一年前の今日、生まれたのですね」

隆は優しく語りかけると、素敵な誕生日プレゼントを渡してくれた。

六歳年上の彼からの優しい言葉。そして心のこもったプレゼント。私は隆の愛情を心から感じ、喜びで胸がいっぱいになった。

公園は次第に暗くなってきた。そこかしこにカップルが寄り添うようにして歩いている。愛を確かめ合うには最高の雰囲気が漂っている。今こそ隆が熱く抱擁してくれるのではないかと、私は胸をときめかせながら待っていた。

しかし彼はベンチをすっと立って、「行きましょう」と言って歩き出した。私の思いとは裏腹に、彼との間に微妙な距離が保たれたまま、一ミリすらも縮まることはなかった。私は燃えるような恋心を伝えたかったけれど、まっすぐ前を向いて海を見つめる大切な人に、自分から愛を乞うことはできないのだと、気持ちを抑えた。

恋しい人の横顔を見ていたら、ふと兄のことを思い出した。私の兄はまだ一歳にも満たない頃、不幸な事故で亡くなった。私が生まれる前のことだったので、親に聞かされるまで兄の存在自体を知らなかった。それでも生きていれば隆と同じくらいの年頃。私は隆に兄のイメージを重ねていたのかもしれない。

また、横須賀はアメリカの海軍基地が隣接している場所だったからであろうか、ふと八歳の誕生日の頃のことも思い出した。京浜急行の戸部駅近くに暮らしていた私たちは、昭和二〇（一九四五）年五月二九日の横浜大空襲の直撃を受けた。四三万八五七六発の焼夷弾の中から、奇跡的に生き延びたこの命。だからこそ今、平和を取り戻した日本で、恋にときめくことができる。その命の尊さを噛み締めるのだった。

できればこの愛する人に触れたい。でも私はそうすることができない。もどかしさの中で、それでも私はいまが生涯で最も幸せなときなのだ、このような最高の誕生日は、私の人生の中でもう二度と訪れないに違いないと思うことができた。

この恋の行く末はわからないけれど、きっといまほど素晴らしい時間は訪れまい。それほどに幸せな時間を私は感じていた。

横須賀での心に残るデートから、一か月あまり過ぎた初夏の夜だった。

私たちはいつものように二人でお決まりのデートコースを、肩を並べて歩いていた。

「実家にいらしたの？」

私はしばらく会えなかったことを、ちょっと拗ねるように尋ねた。

「正月以来、両親と話し合ってなかったので……」

隆は少し申し訳なさそうに答えた。以前、隆が帰省したときに、お土産だと言って豪華な岩槻の人形をプレゼントしてくれたことをふと思い出した。

突然、隆の足が止まった。

(あ、もしかして、プロポーズ?)

私の胸がドキンと高鳴った。今日の隆はいつになく緊張しているように感じられた。会ったときから、今日は何か特別なことが起こりそうな予感がしていたのだ。

私は隆の瞳をじっと見つめ、言葉を待った。

「さつきさん、笑わないで聞いてください」

「ええ」

「前にも話したと思うけれど、私は旧家の長男でね、生き方にいろいろと制約があるんだ。親兄弟も私の人生に干渉して、一族郎党が集まるたびにプレッシャーをかけられている」

隆は大学では文学部へ進みたかったという。しかしC大の法学部に進んだのは、父親に敷かれた既定路線だったのだと聞いたことがある。また、隆の叔父が地元の大病院の院長を務めていることもよく話題にのぼっていた。

一度だけ継母のことも語ってくれた。優しかった実の母は七歳のときに亡くなっている。継母には厳しく育てられ、屋敷内の大きな蔵に閉じ込められるなどの辛い体験もしたということだった。

「この前から言おう、言おうと思っていたのだけれど、私の結婚は家同士の繋がりで、親が決めた人と結婚しなければならない、そう決められているんだよ」

遠く水平線の方に向けられた真剣な眼差しには、深い悲哀が漂っていた。

(いくら旧家の出だからといって、親が決める人生に従わなければならないの？隆さんの人生なんだから、あなたが本当に好きな人と一緒になるべきではないの？)

私はそう叫びたかった。でも葛藤に苦しむ隆の姿を見て、責めることはできなかった。私がここで自分の思いを吐き出してしまったら、これまで保ってきた二人の関係が崩れてしまう。怖れ、動揺する心を鎮めながら、無理やり作った笑顔で言った。

「そうだったの。ずっと悩んでいたのですね」

「これは、あんな家に生まれた者にしかわからないよ」

隆は吐き捨てるように言った。

これまで私に指一本触れようとしなかったのは、私を愛するがゆえに、私を傷つけないよう、その将来までも考えてくれていたからなのだと気づいた。

「私はこのままでいいの。隆さんとこうして会って、その日が来たら黙ってお別れするから……」

本心は言うまい。それが隆の深い愛情に応えることなのだと自分に言い聞かせた。心のうちに潜む隆への愛、悲しく切ない心はけっして表に出すことなく、秘めていなければならない。

涙を見せないようにそっとうつむく。

隆はそっと手を差し伸べ、私の手を優しく握った。温もりが私の手へと伝わり、心にまで染み入るようだった。

後にも先にも私たちの体が触れ合ったのはこのときだけ。そして最後の瞬間まで、この清く美しい関係は守り通され、二人の距離を崩すことはなかった。

最後のデート

三浦半島の先端から海をまたぎ城ヶ島に至る城ヶ島大橋は、全長五七五メートル、海面からの高さは最も高いところで二三・五メートルの雄姿を誇る。当時の金額で総工費七億円を超える一大プロジェクト。昭和三二（一九五七）年春の着工以来、二年余りの歳月にわたった工事も最終段階に入り、まもなく完成の日を迎えようとしていた。それは、隆の任務が終わり、東京の本社へ戻ることを意味していた。

バスガイドとエリート会社員。叶わぬことを知りつつも惹かれ合った身分違いの恋。最初からわかっていたことではあるけれど、青い海と豊かな自然に恵まれた風光明媚な三浦の地で、二年の歳月をかけて育んだ恋。このはかなく美しい恋にもいよいよ終止符を打たなければならない。

互いに最後のデートと心に決めて、訪れたのは三崎白石の歌舞島。鎌倉時代、源頼朝公が歌舞宴楽を催したことから名がついたと言われるこの場所は、相模湾を一望できる名勝地としても知られている。

いつもより早めに時間をつくってくれた隆と一緒に小高い丘の上に立つと、地平線の彼方は真っ赤に染まり、大島が浮絵のようにくっきりと浮かんでいた。振り返れば大山箱根連山、さらにその後ろには夕日を浴びた富士山が黄金色に輝いていた。

「いよいよ今日がお別れですね」

ひと言を口にするだけで、泣くまいと思っていたのに、私の目には温かなものが滲んでくる。

「二年間、無事に何事もなく仕事を終わらせることができたのは、さつきさん、貴女のおかげです。楽しい交際をしていただき、本当にありがとうございました。お礼の記念に、これを思い出として受け取ってください」

　隆が差し出した美しい箱を受け取った。蓋を開けると、黄色い花びらを彫った象牙のネックレスだった。

「素敵なネックレス。一生大切にするわ」

「僕も、貴女のことは一生忘れません。年賀状だけは必ず出しますからね。生きている限りの約束です」

　隆はこれから私の知らない世界で生きていく。もう二度と会うこともないのだろう。思い切って隆に聞いてみた。

「隆さん、あなたはきっと、将来は成功なさるでしょう。もしも私が銀座あたりでホームレスになっていたら、そのときどうする？」

　意外な質問だったのだろう。隆はちょっと驚いたような顔をして、しばらく考えてから言った。

「好きだった人のそんな姿は見たくない。おそらく、声もかけずに通り過ぎるだろう……」

本当に、最後まで優しい人なのだと私は思った。

つい先ほどまでオレンジ色の夕日が輝いていたのに、気づけばあたりは宵闇に包まれはじめていた。

（どうか、このまま時を止めて！）

最後に二人で会う時間は、できるだけゆっくり進んでほしいと思っても、無情にも刻々と過ぎていく。私たちは一分一秒を惜しむように、これまで二人で紡いだ思い出の数々を語り合った。

漆黒のビロードの上にばらまかれた宝石のような美しい星を見上げながら、隆はデートのときによく歌っていた『泣かないで』の歌詞を口ずさむ。

「さよならと　さよならと……」

隆の声はいつもより低く、震えているようだった。

星を見上げているはずなのに、涙で滲んで見えなくなる。隆もときどき、手の甲で頬のあたりを拭いていた。

歌の途中、私たちは無言のまま同時に時計の針に目を移した。私の胸は再びキュッと締め付けられるように痛くなり、隆の歌声はやんでいた。

「お元気でね。さようなら」

「さようなら。さつきさんも元気で」

去りゆく隆の後ろ姿を、城ヶ島灯台の一二万燭光の光がキラッ、キラッと後を追うように照らしていた。この切ない別れ。でもそれは逃れようのない運命なのだとわかっていた。

美しく燃えた三崎の恋は、悲しい運命をたどったけれど、幸い私には天職ともいえる仕事があった。隆との別れを忘れるためにも大好きなバスガイドの仕事にいっそう情熱を燃やした。

多忙な日々に身を沈め、仕事だけに集中して時を過ごした。だからだろうか、私にはまったく自覚はなかったのだが、いつしか私のファンという人たちが増えていた。私のガイドの評判を聞いて、あちらこちらから指名が殺到した。さらには自衛隊や遠洋漁業の船員たちなどから、ラブレターや交際の申込みが次から次へと舞い込んできた。

また、寮の下にある発着所前の売店で、私が戻ってくるのを何時間も待ち伏せするイケメンのお客さんや、今でいうストーカーのような付きまとわれ方をしたことも数多くあった。

私はもうしばらくは、恋とは無縁でいたいと思っていたから、押し寄せる男たちにも心を動かすことはなかったのだけれど。

ある日のこと、数通の手紙に交じって見覚えのある美しい文字の封筒があった。それは懐かしい隆からの手紙だった。急いで封を開けた。

「あんなことを言ってお別れしていながら、貴女への思慕に苦しみ、一人寂しい傷心の旅路。いま、東北に来ています――」

連綿と綴られた私への思い。しかしそれを私にどう受け止めろというのだろうか。せっかく忘れようとしていたのに……。胸が痛み、彼の思いが詰まった手紙を破り捨てようとしたけれど、彼の身を切り裂くようでできなかった。

後日、実家に戻るときに手紙を持って帰り、こっそりと箪笥の奥にしまいこんだ。私の気持ちにもしっかりと蓋をして、これを区切りに彼のことは忘れたのだと心に言い聞かせた。

一度だけの再会

私たちの最後の約束。毎年、年賀状だけは取り交わそうという約束を、私たちはその後もずっと守っていた。互いの近況を教え合い、それぞれに家庭を持ち、違う世界で生きていることはわかっていた。それでも年に一度だけ、年賀状を交換する関係を続けることで、この広い世界の中でも見えない糸が私たち二人をつなげているのだという思いがあった。

長男が小学校に入学した年のことだった。下の息子も幼稚園に通いだし、子育ての大変さから少しだけ解放され、心にゆとりができたからであったのか。一度だけ隆に会いたいという思いに突き動かされて、禁断の扉を開けてしまったことがあった。

その年のお正月、隆からの年賀状には、前年に周辺から担がれて、父親の代わりに県議会議員に立候補したけれど、次点で落選してしまったとあった。そのうえで自ら銀座に会社を設立したとあり、会社の電話番号が記されていた。

初夏の頃だった。小学校のＰＴＡの行事でのバス旅行があり、渋谷のＮＨＫを見学して、皇居広場へと行った。隆の会社はこの近くにあるはずだ。駐車場脇に電話ボックスがあるのを見つけると、私は隆の会社の電話番号を回していた。

社長に取り次いでもらうと、あの懐かしい声……。私は今、皇居近くにいると言った。

「すぐそばですよ。ちょっと寄りませんか？」

一瞬迷ったけれど、たぶん私はこの言葉を期待して電話をかけたのだ。急の用事ができたと他のお母さんたちに言い訳をし、私はその場を離れ、待ち合わせの場所へと走った。

「お久しぶりです！」

「二〇年ぶりですね。でもお変わりありませんね」

隆の優しい笑顔も、昔とは変わっていないことに安堵した。

「夜の銀座なら、クラブでもどこでもご案内できたのに……」

お昼を少し回った時間だったため、隆は裏通りの料理屋へ連れて行ってくれた。準備中だったが馴染みの店らしく、奥から出てきた女性に言った。

「こちらの方は、私の初恋の人です」

この言葉に私は心の中で（えっ、初恋の人だったの！）とびっくり。互いに年賀状で近況は報告していたけれど、やはり会えば積もる話がある。

「奥様って、どんな方なの？」

「社長令嬢。親が決めたよ」

「そうだったの」

やはり隆の言葉には嘘はなかったのだ。それを聞けただけでも安堵する自分がいた。気がつけば二時間ほども時間が過ぎていた。

「まぁ、こんな時間。帰らなければ……」

後ろ髪を引かれながら別れの言葉を告げて、家路へと向かった。

それからも年賀状のやり取りは続いたけれど、私から彼に連絡を入れることはなかった。私たちの清い関係は、一生そのまま守られたのである。それを今も悔いてはいない。

初々しいバスガイドだった私も、二人の子を持つ母となった。あの時別々の道を行くことを選んだ二人は、やはり生涯、交わることはない運命だったのだ。

Talk 3
たった一人の大切なあなた

純粋な初恋を失った私の前に現れたのは、寡黙で真面目な警察官。ウグイス嬢を縁にして知り合った彼との二三年間の結婚生活は、波乱万丈の中にも愛とぬくもりがあった。あの日を迎えるまでは……。

警察官のアイドル

歌舞島での隆との別れからしばらくの間は、失恋の苦しさに身悶えするほどであった。その傷心を仕事の忙しさで紛らそうとしていた時期のこと。七月下旬の暑い夜だった。私が寮に帰ると、待ってましたとばかりに、同僚の山ちゃんが飛び出してきた。

「さつきちゃん！　さっき、警察の人から電話があったわよ」

「え、私に？」

「そう。早く電話してあげて」

「名前は？」

「なんか難しい名前で……」

私は思いつくまま、五、六人の名前を挙げた。

「そうよ、その変わった名前の人」

私はその変わった名前の警察官の顔を思い浮かべた。

それ以前、ちょっとした縁から、私は警察とのつながりができていたのだ。

それは隆と知り合う一年ほど前のこと。三浦市の市議会議員選挙があり、私が勤務する鉄道会社の労働組合から先輩の社員が立候補することになった。その応援のため、選挙でのウグイス嬢の役目が私に与えられたのだ。それは会社の業務命令であった。

もちろん会社の人たちは、私が高校時代に弁論部に在籍し、神奈川県代表として全国大会で四位になったことなど知る由もない。だから、なぜ私がウグイス嬢に選ばれたのか理由はわからないのだが、結果的にこの人選は大当たりだった。

私も最初はウグイス嬢などという責任ある任務を全うすることができるか不安だったが、いざ選挙カーに乗ってマイクを持ってみると、まるで条件反射のように舌が滑らかに回る。「皆様！」と呼びかける声に人々の注目が集まる。まさしく水に放たれた魚のごとく伸びやかに、私はバスガイドからウグイス嬢に変身したのであった。

当時の日本では、まだ女性の弁士は珍しかった。だから、私が選挙カーの上に立つだけでも人目を引くのに、その伸びやかな声と熱い弁舌がさらに興味をそそったのか、最初は関心なさそうに通り過ぎていく人たちが、私が一声上げると驚いたように足を止め、いつのまにか周辺は人だかりとなるのだった。その効果がどれほどあったのかはわからないが、先輩社員は見事に当選し、巷では私が評判となったのである。

このウグイス嬢としての活動を地元の警察が目に留め、なんと三崎警察署の署長が自ら我が社の営業所にやってきて、私を指名して「交通安全運動の期間に広報活動にご協力願いたい」と頭を下げた。会社もその要請を受け入れ、私は警察の広報活動に協力することになったのだ。

春と秋の二回、全国交通安全運動の期間は、私はバスガイドの仕事が免除された。交通安全協会の方や、若く凛々しい警察官が交代で運転するジープに乗りこみ、選挙の際に評判となった声を、市内全域に響き渡らせたのである。

当時、地方の警察署には婦人警官は派遣されておらず、五〇名ほどいた警察官はすべて男性。男の城に、若い女性が紅一点。まるでアイドルの如く、熱烈に歓迎され、丁重にもてなされた。私自身、警察官に対する印象が一八〇度変わった。それまで警察官は怖い存在と思っていたが、礼儀正しく愛想もよい。なかなか魅力的な人たちであると思うようになっていた。

春の交通安全運動期間のある日、何度か顔を合わせていた警察官と一緒に広報車に終日乗り込むことになった。三年ほど前に相模原署から転勤してきた警察官で、隆とは正反対に、おとなしく素朴な人柄。両親と同じ茨城県の出身ということもあり、その存在を意識していなかったといえば嘘になるだろう。

しかし、そのときは特に何もなく、交通安全運動が終わると私は本業のバスガイドに戻った。再び慌ただしく仕事に従事していたときに、その警察官から電話がかかってきたのだという。

私の胸はドクンと脈を打った。

山ちゃんに急かされて電話をすると、待っていたかのように、名前の主である嗣生が出た。

「伊勢さん、もうお休みですか？」

「いいえ、まだ門限までには二時間ちょっとあります」

「それでは、ちょっと下まで降りてきませんか」

指定された喫茶店は、あの思い出の「スワン」だった。すでに顔なじみであった嗣生は、後輩の警察官と一緒に待っていた。

「先日、仕事で女子寮へ伺ったのですが、伊勢さんはお仕事のようでしたね」

私服姿の嗣生は、見慣れた凛々しい制服姿のときとは打って変わり、ちょっとシャイな様子に見えた。彼は顔を真っ赤にしながら、あれこれと一生懸命に話題をつくり、話を盛り上げようとした。私もすでに何度か一緒に仕事をした気安さから、自然に受け答えすることができた。いろいろと話が弾んでいる中で、突然、彼が居住まいを正し、かしこまって尋ねた。

「伊勢さんは今、誰か付き合っている人はいるのですか」

私は一瞬、隆のことを思い浮かべてドキッとした。

「えっ！　どうして？」

「署の連中が、男の人と一緒に歩いているのを見たと言ってました」

さすが警察――。

「いいえ、友達のことでしたら、もう関係はありませんので」

「それでは……、これから暇なときに、署に電話をくださいませんか」

嗣生の気持ちは嬉しかったが、私の中ではまだ隆との別れの傷が癒えていなかった。しかも隆と二人で過ごしたスワンでの交際の申し込みに戸惑ったのも事実だ。

「みなさんとはいくら顔なじみでも、私用での呼び出しは悪いわ」

当時の三崎警察署は岸壁にあり、二階が独身寮になっていた。すると一緒に来ていた後輩が、助け舟を出すように言った。

「彼が留守のときは僕が出ますから、遠慮しないで電話をしてください」

私は曖昧にうなずいた。

もう一度、恋

電話がほしいと言われたものの、その後も私から電話をすることはなかった。

だが、運命の歯車は動き出す。

彼の告白から二か月ほど経った爽やかな初秋のある日、三崎警察署の箱根日帰り旅行に、私がバスガイドとして同行することになったのだ。

二班に分かれた旅行の初回を担当した私は、バスに着席したみんなの前に立ち、マイクを持って話し始めた。

「皆様、おはようございます。本日はKバスをご利用いただき……」

「アッ、今日はツグさんの慰安会だぁ」

若い警察官の声がして、わっと歓声が上がった。車内は全員が顔見知りの署員たちで、その中には嗣生の姿もあった。私はずっと嗣生に連絡を入れなかったことを気まずいと思ったが、周りはそれを知ってか知らずか、彼と私をどうにか結び付けたいという雰囲気に満ちていた。得意の箱根コースのガイドも、心温まる野次や歓声によって途切れがちになる。交通安全運動をきっかけに知り合った二人は、同僚たちの強引な後押しによって、小さな灯が、大きな炎となって燃え盛っていくこととなるのだった。

この日帰り旅行をきっかけに、私は嗣生と個人的に会うようになったが、三崎は小さな町だったし、仕事柄、地元では二人ともよく知られた顔であったから、手をつなぐどころか一緒に歩くことさえも憚られた。

加えて、私も遠方への二泊三日といった泊まりの仕事が多くなり、なかなか時間をとるのが難しくなっていた。

それでも貴重な時間を見つけては、女子寮の裏手にある城山で待ち合わせをして一緒に歩くことが、私たちの唯一の楽しみだった。喫茶店にも入らず、裏山を散策しながらとりとめもない話をする野外デートだ。これなら門限の五分前まで一緒に時間を過ごすことができる。少し離れた繁華街にある唯一の映画館に行ったこともあるが、後にも先にも、二人で映画を観たのはこの一回のみである。

温暖な気候に恵まれたこの地はめったに雪は降らないけれど、それでも冬の寒さは身に染みる。野外デートを続けていたある夜、待ち合わせ時刻に近づいてきた人影は嗣生ではなかった。ハッと驚いた私を見て、その人は慌てて敬礼をした。最初にスワンで会ったときに一緒にいた後輩だった。

「彼は本日、横浜の裁判所に出向き、遅くなります」

嗣生は刑事課に異動し、護送用車両の運転を担当していた。まだ高速道路もなく、県南から横浜まで国道一六号線を走って行くのは、かなり遠出の仕事だった。寒空で待っている私を気遣い、後輩に伝言を頼んだのだろう（この後輩は、奇しくも後に私の地元である宮前警察署の副署長に栄転し、三〇年後に偶然再会を果たした）。

誠実で真面目を絵に描いたような警察官。隆のように、自分の知らない世界へと導いてくれるような華やかさはなかったけれど、どこまでも誠実な人柄が頼りがいのある人だと思えた。

身分違いのはかない恋を体験したからこそ、現実的な確かな恋を求めていたのかもしれない。

　隆と嗣生。見た目、育ち、仕事、そして性格も、まったく違った二人だったけれど、一つだけ共通点があった。それは私の肉体を求めなかったということだ。

　二〇代の男なら、うら若き乙女を前にして、欲望の渦に我を失うことがあっても不思議ではない。しかし私を大切に思ってくれるあまり、その一線を越えることをぐっと我慢してくれていたようだ。

　私といえば、愛情が募るあまり、ああこの人に触れたいと何度も思いながらも、女性の身でそうしたことはしたないと、当時としては当たり前の女の節度を守り続けたのである。

　ある日、町でばったり彼の先輩署員と出くわした。

「君たち！　まぁだ結ばれてないの？」

　などと声をかけられ、顔を赤らめた。同僚にそこまで話していながら、けっして私に触れようとしない。その我慢強さと優しさに、深い愛情を感じることができた。だからこそ、彼からプロポーズされたときは嬉しかったし、迷わず快く受けた。

八月の旧盆の時期に私たちは休暇を取り、婚約の報告と挨拶を兼ねて、彼の実家がある茨城県潮来へ行った。

嗣生は、美しい水郷地帯にある大きな米農家の次男坊であった。「水郷小町」と言われた美人の母親は、嗣生が警察学校に通っている間に亡くなり、実家には父親と祖母、兄夫婦と姪二人が暮らしていた。

養子でこの家に入ったという父親は、二九歳の息子の結婚をたいそう喜び、嬉しそうに迎えてくれた。母方の祖母も、温かく優しかった。お兄さんとは初対面だったが、話題が豊富で夜遅くまで話し込んだ。

さて、そろそろ就寝時間となった頃には、大広間に布団が二組、真ん中を微妙に離して敷いてあった。私たちは緊張しながら布団に入ったが、二人とも手もにぎらずに、清い夜を過ごした。

いつも野外デートばかりの私たちだったから、わざわざ四日間も取った休暇を、すべて実家で過ごそうとしている嗣生にちょっと腹を立てた。ついに三日目の朝、すねて言ってみた。

「ねぇ、どこか行かないの?」

真面目な嗣生は一瞬戸惑ったが、二人だけでもう一泊することを決めてくれた。その日の昼ごろ、お兄さんに見送られながら、『潮来花嫁さん』のメロディーが高く鳴り響く潮来を船で後にして、利根川を南下し、風光明媚な霞ヶ浦、名峰筑波山の景色を楽しんだ。

雪は申さず　まずむらさきの筑波かな

松尾芭蕉の弟子の服部嵐雪の名句が浮かぶ。さらに世阿弥の謡曲『桜川』で有名な街を散策後、土浦桜川畔の小さな和風旅館に宿泊し、私たちはやっと肌を重ねたのである。

警察官の妻

知り合って三年、交際してから一〇か月。七歳違いの私たちは昭和三五（一九六〇）年の一一月に結婚式を挙げた。秋の行楽シーズンの最中だったため、なかなか仕事の区切りがつかず、結婚式の直前まで泊まり勤務が続いてようやく二日前に退職し、六年間お世話になった寮を後にした。

結婚式には三崎警察署長、K鉄三崎営業所長など豪華な顔ぶれが揃った。また三浦市長からは祝電が届けられるなど、私は最高の感激を胸に第二の人生の門出を迎えた。

私たちは夫の職場の近くに二軒長屋を借り、新婚生活をスタートさせたが、ある日、帰宅した夫が嬉しそうに言った。

「今日、町の人に声をかけられたよ」

「え、どうしたの？」

「おまわりさん、いいですね。あのガイドさんの美声で毎晩、寝物語が聞けて！」

私は顔を赤らめたが、嗣生は嬉しそうに笑っていた。

仕事柄、花嫁修業ができなかった私は、結婚してから編み物教室や和裁の教室に通っていた。結婚翌年には待望の第一子、男の子に恵まれたものの、息子は夜泣きがひどく、二軒長屋の隣の部屋から「うるさい！」と連日のように怒鳴られた。それでも寒い夜更けの町を、泣き虫な息子をおんぶして歩く子煩悩な夫だった。

家族三人でそれなりに穏やかに暮らしている日々に、突然の嵐のような出来事が巻き起こった。珍しいことに、ある日、警察署長がわざわざ我が家を訪ねてきたのだ。

「奥さんもご存じのように、城ヶ島大橋が完成して、今や観光客が殺到しています。島民からの強い要望があって駐在所が完成したのですが、そこに駐在する希望者がいなくて困っているのです。奥さん、ぜひお願いします！」

警察組織をよく知っている私は、署長自ら頭を下げに来たことに驚いた。よほど困っているということだ。夫と相談し、それならと決意を固めた。

嗣生は刑事課勤務から城ヶ島駐在所の所長に異動することになった。

城ヶ島大橋が建設されていた当時、その会社の慰安旅行で隆と知り合い、互いに結ばれることはできないと知りながらも恋に落ちた。別れの悲しみから救い出してくれた夫と息子と共に、この橋を渡るということに、不思議な運命を感じずにはいられなかった。

橋を渡ったところにある大きな県営駐車場のそば、《雨はふるふる　城ヶ島の磯に　利休鼠の　雨がふる》と『城ヶ島の雨』を作詞した北原白秋の碑があるバス停の前に駐在所は建設された。そこに隣接する2DKほどの住居に暮らすことになった。

周囲四キロの静かな漁村は、大橋の開通によって観光客で溢れていた。灯台近くの土産物屋の店主が、「一日の売上を数えるのが嫌になって、うっちゃりたくなるよ」と悲鳴を上げるほどのにぎわいである。

三崎港は夜明け前から漁船がポンポンとエンジンの音を響かせて航行する。部屋からの景観は最高であった。

　だが観光地の駐在所ほど、大変なものはない。夏の観光シーズンともなると、夫は一日中交通整理に追われ、夜のパトロールが終わってやっと就寝しても、駐在所の灯りを頼りにやってきた観光客が、深夜の二時、三時でもおかまいなしに、ドンドンと容赦なくドアを叩く。

「トイレ、使わせてください！」

「赤チン、ありませんか！」

「お金、貸してください！」

などと、こちらの迷惑などまったく顧みない。

あるときには全身びっしょりと濡れて、ボインの胸が下着から透けて見えるような姿の女性がドアの前に立っていて驚いた。

「失恋したので生きるのが嫌になり、その先の海に飛び込んだのです。でも私、学生時代に水泳の選手だったので、ついつい泳いでしまって……」

　それを聞いて思わず苦笑いした私は、彼女が着られそうな洋服と、横浜までの交通費を渡して帰ってもらったこともある。

とにかく駐在所勤務の警察官は、思っていた以上に激務だった。さらに城ヶ島に来てから私の二人目の妊娠がわかった。身重の体での海水浴シーズンの対応は大きな負担となり、ついには切迫流産の危険が迫り、絶対安静となってしまった。

ところがそんな警察官の妻の状態を観光客たちは知る由もない。深夜でもドンドンとドアを叩いてやってくる人たちに大きなお腹を抱えて応対した。

次男は帝王切開になってしまったが、それでも無事に出産。家族四人の新たな暮らしをスタートすることができた。これも真面目一筋、誇り高き警察官として、懸命に職務をこなす夫あっての幸せだ。

昭和三九（一九六四）年三月には、県下優良警察官の表彰式で、「親切な駐在さん」として晴れの表彰を受け、やっとその労苦が認められたのである。

翌年には夫が幹部試験に合格し、川崎警察署に栄転となり、二年連続で優良警察官として表彰された。私の実家近くに待望の我が家も完成した。振り返れば、私たち夫婦の結婚生活は、この頃が最高潮だった。

永遠の別れ

次男が幼稚園の年長組になり、保護者同伴の遠足があった。その観光バスで、私がかつて働いていたK電鉄時代の同僚と十年ぶりに会った。彼女は今、他の会社に移り、変わらずにバスガイドをしているという。

「バイトなの。ガイド料も最高よ。あなたもやったら」

私は驚いた。バスガイドは若い女性がやるものと思い込み、自分のような三〇代の年齢になってもできるとは想像すらしていなかったからだ。家庭に収まっている間に、時代も大きく変わってきたらしい。

「今、観光ブームなの知っているでしょう？　人手が足りなくて、経験者を募集しているのよ」

そのときは再びバスガイドをやろうなどという考えは微塵もなかった。横浜へ戻り、二九歳の夏には自動車学校に通って免許を取得した。さらに独身時代から念願だったミシン縫製の技術を習得し、デパートで洋裁の仕事をしていたからだ。

しかし、自らの内にもう一人の自分が棲んでいたのだ。ちょうどその前の年、次男が幼稚園に入園し、私は「母の会」の会長を任された。次男の上の代の卒園式で、母の会会長として挨拶をすることになったのだが、それまでガヤガヤと騒がしかった会場が、私が「卒園生のみなさーん、雨の日も風の日もありましたね」と話しかけたとたん、ぴたりと会場のざわめきがやみ、私の話を静かに聞きはじめたのだ。挨拶を終える頃には涙を流す保護者もいた。

バスガイドを辞めてから初めて人前で話をしたのだが、改めて自分の〝語り〟に自信を持つと同時に、彼女と再会したことで、バスガイドをしていた時代の栄光と情熱が、再び熱く燃え上がっていくことになった。

昭和四七（一九七二）年の春、私はバスガイドへの復帰を決意した。三五歳のときである。時は高度経済成長期、その波に乗って私の人生は大きく変わっていくのであった。

私は社員ではなかったものの、ガイドとしての力量が認められて、契約金付きで、日当などの条件も次第に良くなり、仕事へのやりがいも大きくなっていった。やはり私には専業主婦では収まりきらないものがあったのだ。こうしてバスガイドの仕事を再開し、一〇年間、四五歳まで日本全国、西に東にと飛び回る日々を過ごした。

夫は心の中では外で働く女性を良しとは思っていなかったのかもしれないが、きつく私を止めることはしなかった。やはり私の天職はバスガイドであると思っていたからに違いない。真面目で誠実な夫は、家族にとってもとても優しかったのだ。その優しさが夫を追い詰めることになろうとは……。

最後はガイドクラブの所属だったが、その仕事を辞めた頃、城ヶ島生まれの次男が突然、喫茶店をやりたいと言い出した。次男は高校時代に伊勢佐木町の大きな喫茶店でアルバイトをした経験があり、その仕事に興味を持ったらしい。

私もバスガイドは引退したが、次は何をしようかと考えていたときだった。親しい友人たちは私を社交的で明朗快活、エネルギッシュと称していたので、接客業が良いという結論になった。さっそく東京に近い田園都市線の沿線駅近くに友人のご主人が店舗を探し出してきてくれた。そこで次男と一緒にスナックを開業することにしたのだった。

反対する夫に申し訳なく思い、当初は一段落するまでの息子の手伝いのつもりであった。だが準備を始めると新たな仕事への意欲が高まり、素人だてらに意気揚々と準備を整えた。

ところがオープンしたばかりの頃であった。夫が仕事場である警察署の階段から転落したとの連絡が入ったのだ。無口で我慢強い夫は忙しそうにしている私を気にかけてか何も言わなかったが、実は四肢にしびれがあり、手がうまく動かなかったという。

病院で検査をすると、後縦靭帯骨化症という病に侵されていることがわかった。進行すれば徐々に体の自由がきかなくなり、車椅子、さらには寝たきりになってしまう恐ろしい病気だ。夫はそれまで取ったことのなかった有給休暇をまとめて取り、横浜市内のK病院で九時間にわたる大手術を受けた。

私は店と夫の看病で多忙を極めた。それでもこれまで一緒に苦労を重ねた夫に寄り添い、これからは家庭に入って生きていこうと決意していた。ところが……。

ある日、病院の外泊許可をとり、突然夫が自宅へ戻ってきた。

「どうしたの」

「家に帰りたくなっちゃってさ。もう、警察やめようかな。難病だから、完治は難しいと若い医者に言われたよ」

警察官であることを誇りにしていた夫の無念さはいかばかりだろう。その思いを汲みつつも、私は少しでも前向きに生きてほしいと思った。

「難しいけれど、頑張れば治るよ。しっかりしなきゃ」

「う〜ん」

あいまいに返事した夫の弱々しい言葉が、今も耳に残る。多忙だった私は、もっと深く話し合えばよかったと、今も後悔が残る。

夫は有給休暇が終わる日の夜、二人で築いた総檜の我が家の一室で自死を遂げた。部屋のテレビの上に、一枚の遺書が残されていた。

皆に　いろいろお世話になりました。ありがとうございます。

こんな死に方をして申し訳ありません。許してください。

精神的に参ってしまいました。これから先　皆で仲良く頑張ってください。


いつもの彼らしい几帳面なきれいな文字であった。

どんな気持ちで書いたのだろう。優しい人だから、自分の病気を苦にしただけでなく、きっと家族に迷惑をかけたくないと思ったのだろう。

夫が常に肌身離さず持っていた手帳の中を見てみると、そこには私が微笑む写真が入っていた。いつもこんなに思ってくれていたのに……。私は大きな衝撃を受け、悲しくて、悔しくて、葬儀の前の晩、泣きながら夫への手紙を書いた。

嗣生様
あなたへの初めてのお便りが、今は読んでもらえない、悲しい別れの手紙になりました。今日ここに、永遠に眠るあなたのそばに、納めてください。

昭和三五年、一一月一五日。美しや三浦三崎で結ばれた私たちの恋は、祝福されて結婚式を挙げました。あれから二三年と四か月。二人の子どもに恵まれ、厳しい警察官としての仕事を全うしてくれました。真面目で立派に生きて、これから楽しいこと、嬉しいことも沢山あろうかという矢先に、どうしてこんなに先を急いでまで、命を絶ったのでしょう。

残された私たち母子は、毎日毎日、あなたに申し訳ありませんと謝っているのです。こんなに愛しくて、家族のことばかり心配をして、どうして病床にあって自分を強くして生きようと思ってくれなかったのでしょうか。

至らなくて愚かな妻でした。色々なこと、ごめんなさいね。生まれ変わったら、来世はあなたの良き妻として尽くす覚悟です。どうかお許しください。

さつき

私はこの手紙を棺に納め、愛する人を見送った。

悲しみの中にあって、けれどもオープンしたばかりの店を放置することもできず、喪中休業をした四日後には、平常通りに店を開けた。

その日一番にやってきた客は、ドアを開けて私を見るなり驚いて言った。

「あ、ガイドさん！」

記憶がいいお客さんは、私がかつてガイドをしていたときに観光バスに乗ってくれた一人だったのだ。

新米ママはこの日から、お客さんに乞われるままに店でガイドになった。全国の名勝や観光案内をたびたび披露し、好評を博するようになっていった。

私があまりにも詳しいため、私の前職を知らないお客さんから「ママさんはそんなにあっちこっち、男と泊まり歩いたのですか？」と驚かれ、思わず噴き出してしまったこともある。

Talk 4
年下の彼

「ママの身の上話が聞きたいな」。男は馴れ馴れしく言って、私の手を優しく握った。こんなに強引な男は初めてだった。もしかしたら、この人と恋に落ちるかも知れない——。その戸惑いが狂い始める人生の予兆だった。

雨の夜の珍客

夕方から小雨が降り出したせいか、客足が鈍い。馴染みの一人客が帰ってからは、店には閑古鳥が鳴いている。

今日はもう、客は来ないだろうか。

私はカウンターの内側でビールグラスを磨きながら、あと一時間したら店じまいしようと考えていた。そのとき店の扉がガタンと開き、一人の男が入ってきた。顔に見覚えはない。初めての客だった。

茶色のボルサリーノをキザにかぶり、仕立てのよいスーツを着ている。年の頃は四〇代半ばといったところだろうか。カウンターに座り、私をチラリと見ると、男はヘネシーを注文した。なかなかの上客のようだ。私は愛想よく笑顔を浮かべ、グラスを男の前に出した。他に客はいない。私は男の話し相手になり、差し障りのない話をしていると、突然男は「一緒に歌おう」と言って私の手を引いた。

初めての客と一緒に歌うことはほとんどなかったけれど、なぜだかこの男に惹かれた。男に求められるまま『銀座の恋の物語』『東京ナイト・クラブ』など、昔の流行歌を歌った。男は石原裕次郎の『想い出はアカシア』を歌いながら、何かを思い出したのだろうか。目に涙を浮かべているようだった。そして石原裕次郎と浅丘ルリ子のデュエット曲『夕陽の丘』になると、男は優しく私の腰に手を回した。

ひとしきりカラオケを楽しむと、二人の距離は少し縮まっていた。スナックのママの心得として、あまりプライベートなことは尋ねないが、彼は自分がエンジニアの仕事をしていること、北海道の出身であることなどをポツリポツリと話してくれた。そして並木利生という名前を教えてくれた。

「今度は、ママの話が聞きたいな」

利生は言って、カウンターから手を伸ばし、私の手を握った。利生はあまりおしゃべりなタイプではないらしい。そうした客には、私はついつい場を盛り上げようと自分の話をしてしまうのだ。

先日、次男と一緒に山梨県にある霊山の七面山に登ったことを何気なく話した。すると興味をもったらしく、私の身の上を聞きたがった。この場所に店を開いて一〇年。息子と共に店を切り盛りしていること、店を開いて間もなく夫と死別したことなどを話した。

しばらく話を聞いてもらった後、利生はふと腕時計を見た。

「もうこんな時間だ。この話の続きはまたにしよう」

「そう。じゃあ次を楽しみにしていますね」

私は店の電話番号が書いてある名刺を渡した。利生は名刺を受け取ると、ふと思い出したように言った。

「そういえばママさん。七面山に登ったんなら、もちろん〝ほうとう〟は食べたんでしょ」

「ええ、ほうとう、美味しかったですよ」

「そうか、ママさんはほうとうが好きか……」

利生はそう言い残して店を去っていった。また来ると言って来ない客は多いけれど、この人は必ず近いうちに来るに違いないと、なぜかそう思えた。

それから数日後の昼過ぎのことだった。横浜の自宅とは別に、遅くなったときに寝泊まりできるようにと店の二階の部屋を仮住まいにしていた私は、階段を下りていくと店の前に大きな鍋が置かれているのを見つけた。なんだろうと思いながら蓋を開けてみると、褐色のスープの中にかぼちゃや人参などたくさんの野菜が浮かんでいた。よく見ると白いモチモチとした太麺がのぞいている。

私はすぐに利生の顔が浮かんだが、なぜ黙って店の前にほうとうの鍋を置いていったのかがわからなかった。尋ねようにも連絡先がわからないので、仕方なく鍋を店の中に置いて、そのまま出かけてしまった。

二時間ほどして店に戻り、しばらくすると電話が鳴った。予測はしていたけれど、やはり電話の主は利生だった。

「ほうとう、どうだった？」

「やはりあなただったのね。今からいただくわ。ところでお店には、いついらっしゃるの？」

「そのうちに行くよ」

　その口ぶりが素っ気なく聞こえ、私は少しだけ落胆した。それから数日間、利生がいつ店に顔を出すかドアが開くたびにドキドキしたが、なかなか現れない。一か月ほど経ってやっと利生が現れたとき、私は彼を待ち望んでいたことを自覚した。もしかしたら利生の策略に見事にはまってしまったのかもしれない。

「しばらく出張に出ていてね。でも帰ってきてから上司とトラブルがあって、辞表を投げつけて仕事を辞めてきた。いろいろゴタついて、なかなか来られなかった」

「そう、大変だったのね」

「でも時間ができたから、これからはしばらく通えるかもしれない」

「まぁ、大歓迎よ。ほうとう、美味しかったわ。でもちょっと驚いた。階段から下りたら、店の前にドカンと大きなお鍋が置いてあるんですもの」

「へぇ、ママさん、店の二階に住んでいるんだ」

店が遅くなると二階に寝泊まりしていることは、よほど親しい客でなければ知らないことだったが、利生に聞かれて私はすんなりとうなずいた。まだ会って二回目だというのに、なぜか心を許してしまっていたのは自分でも不思議だ。

この間はママさんの話を聞いたからと、利生は自分の身の上話を語り始めた。

「実は、俺も女房に死なれてね……」

それで私が夫を亡くした話をしたときに、優しい顔で話を聞いてくれたのかと合点がいった。おふくろに預けていた二人の子どもはすでに成人し、北海道に住んでいるが、もう何年も会っていないと寂しそうに言った。

それから頻繁に足を運ぶようになった利生は、すっかり常連のようにカウンターの隅で私とおしゃべりをして、店で数時間を過ごすようになっていった。

ある晩、閉店時間を過ぎ、息子が先に帰ってしまっても、酔いつぶれた利生がカウンターにうずくまっていた。ほとんど意識がなく、ぐったりとしている。仕方がないので利生に声をかけて肩を貸しながら店の二階に運び込み、布団を敷いて寝かしつけようとしたとき、急にすごい力で腕を引っ張られた。その勢いで布団の上に倒れ込むと、利生は私に覆いかぶさり、酒臭い息を吐きながら服の下に手を入れてまさぐった。

少し抵抗したけれど、次第に体の力が抜けていった。利生のなすがままにされながら、いつかこんな日が来ることが私にもわかっていたような気がしていた。

憎めない男

夫に死なれて一〇年。寡婦の身であるのだから、新しい恋人ができたとしても、世間から後ろ指をさされることはない。だが一緒に働く息子はいい顔をしなかったし、常連客の手前もある。お酒を扱う商売柄、男性客が多く、中には私を目当てに店に来て積極的にモーションをかけてくる客もいた。これまでそうした男たちを上手くあしらいながら商売を続けてきたのだから、やはり利生との関係は公にするものではないだろうと考えていた。

「お店の二階に住みたいんだけど」

男女の関係になってしばらくして、利生が言い出した。

「今のままでいいじゃない。ときどき泊まりに来ればいいでしょ」

私は彼と体を重ねた後、自分のほんとうの年を告白していた。打ち明けてみると、なんと私たちは一四歳も年が離れていた。彼はまだ四〇代だ。しかし「年齢は関係ない。あなたはあなただよ」と利生は言って、私を抱き寄せてくれたのだった。

店の客からは、「ママはどう見たって四〇代だよ」と言われていた。さらに利生と恋愛関係になってからは、自分の中の女の部分が再び目覚めだし、肌の色艶も生き生きとしてきたように自分でも感じていた。それでも二階に住み着くとなれば話は別だ。客商売だから世間体もある。私は穏やかに彼の申し入れを拒絶した。

それでも利生はすっかり私の恋人であることに安住し、勝手に店の二階に上がり込み、時を過ごすことが多くなっていた。だがある晩、事件が起きた。

私が店を終えて二階に行くと、いるはずの利生の姿がない。部屋の前に一升瓶が置いてある。不審に思って部屋の中を見回すと、テーブルの上に空の小さな瓶があった。ラベルを見ると横文字で読むことはできないが、睡眠薬ではないかと思われた。私は慌てて外に飛び出し、利生の姿を捜したが、見つけることはできなかった。部屋に戻り、悶々と一夜を過ごしたが、利生は帰って来なかった。

それから数日して、やっと利生から電話があった。

自殺未遂を図って、病院に運ばれた。弟に連絡が入って、現在は弟の家にいるのだが、監禁状態で明日にも精神病院に入れられるかもしれないと言う。

「助けてくれ。おれはお前と暮らしたい」

愛する男から自殺未遂をしたと言われ、夫のことが頭をよぎった。そこまで言われたら、私としては放っておけない。

「行くところがないんなら、家に来なさいよ」

ついにこの言葉を言ってしまった。すぐに利生は弟の家から逃げ出して、私と同棲生活を始めることになった。

二階の住人となった利生は、会社を辞めた後、働くつもりはないのか、しばらくは無職のまま家でゴロゴロと過ごしていた。夜になると店に下りてきて、酒を飲む。最初は勘定を払っていたものの、次第に持ち金がなくなったのか、ツケで飲むと言い出した。それも三〇万円くらいたまり、さすがに私も親として息子に顔がたたない。もうツケはいいから、店に来ないでと言うしかなかった。

さすがに体裁が悪いのか、部屋では食事の支度をするようになった。もともと料理の腕は確かなようで、私がジムから帰ると、毎日手の込んだ料理を作って私を喜ばせてくれる。しかしそんな幸せなひとときもつかの間、再び事件が起こる。

ある日、私の財布から一万円札が三枚なくなっていたのだ。誰かが部屋に入った形跡はない。犯人は明らかに利生だった。私はタバコを買って帰ってきた利生に静かに言った。

「あなた、私のお財布からお金取ったでしょう」

「何を言いやがる！」

「人のお金を盗む人とは一緒に住めないわ！　ここを出ていってちょうだい！」

　利生の顔が一瞬で恐ろしい形相に変わる。私のワンピースを掴み、引き寄せると、重たい拳で私の顔を殴った。何度も、何度も。口の中に血の味が広がり、あまりの衝撃に意識が遠のいていく。ひとしきり殴ると気が済んだのか、利生の手が止まった。私はノロノロと起き上がり洗面所へ行くと、顔中が血まみれで唇もまぶたも青紫色になっていた。顔が熱をもち、どんどん腫れていくのがわかった。私は濡らしたタオルを顔に当てて冷やしながら部屋に戻った。

「父親にも夫にも、殴られたことなんて一度もないのに……。もう許せない！　出ていって」

　すると利生はいきなり泣き出し、土下座をして謝った。

「すまん。もう二度としないから許してくれ」

　何度も何度も頭を下げながら嗚咽する姿に、私はたまらなくなった。

「もう二度としないでよ」

「わかった。もう二度としない」

しかし、利生は約束を守れなかった。私がいない間に、今度は少額ずつお金を持ち出すようになった。それでもアルバイト帰りに市場に寄って食材を仕入れ、豪華な刺し身の活き造りや手の込んだ料理を作ってくれたり、細々と家事をする姿に、これ以上は問い詰めることができなかった。見て見ぬふりをすることで、今の暮らしの安住を願ったのだ。

ペテン師に踊らされて

私たちの同棲生活が六年目を迎えた頃、決定的な出来事が起こる。

突然、利生は家を建てたいと言い出したのだ。以前から利生は私と結婚したいと言っていたが、私は何度も拒絶した。これまでも再婚話はあったが、四六歳のときに夫を自殺で亡くした妻として、どうしても新たな夫を迎え入れることはできない。それが亡くなった夫に対して私が示せる最後の愛情だと考えていた。

利生は家を建てることで、結婚を受け入れようとしない私の心をどうにか動かそうと思ったのだろうか。

「土地を探して、そこに家を建てて、あなたにプレゼントしたい」

「また、バカなことを言って」

「見てくれ、家の図面だ。さつきの好きなダンスホールも作ろう。これ、誰が引いたかわかる？」

目の前に開かれたのは、プロの建築士が作ったものかと思われるほど、立派な設計図であった。だが私は心を頑なにした。

「図面は、図面でしかないでしょう。私は援助しないわよ。結婚もしない。それでもいいの？」

「俺はいつも本気さ。心配しないでいい。長期の定期預金があるから」

利生はすぐに大手の不動産会社を見つけ、土地探しを始めた。ある日、店に若手の営業マンを二人連れてやってきた。私を婚約者と紹介すると、前祝いだと言って飲み始めた。気に入った土地が見つかったらしい。テーブルの上には整地された土地の写真と図面が置いてあり、脇に三〇〇〇万円と書いてあった。私がチラリとその金額に目を留めたのに気づき、利生は言った。

「上モノにお金をかけようと思ってね。土地はそこそこのものにしたよ」

私の心に不安がよぎる。利生がトイレに立ったときを見計らって、二人の営業マンに忠告した。

「本当に彼、お金を持っているか、わからないんですよ」

二人は驚いた顔をしていたが、利生が戻ってくるとこれまでと変わらぬ笑顔で応対していた。

翌日、利生に誘われて私たちは二人の営業マンと共に、横須賀の外れにある土地を見に行った。彼が気に入ったという土地に立つと目の前に相模湾が広がり、江ノ島の向こうには伊豆半島のシルエットが見える。視線を右に移すと、箱根連山や富士山まで見ることができた。確かに素晴らしい場所である。

いよいよ契約の前日を迎えた。私はいまだ半信半疑であったから、利生に尋ねずにはいられなかった。

「考え直したほうがいいんじゃないの。今なら引き返せるわ」

「いいや、俺は家を建てる」

「入金は頭金だけ？」

「全額一括で払うよ。長期の定期預金があるって言ったろ。JR川崎駅のコインロッカーに置いてあるんだ。明日の一一時に入金する約束なんだ」

翌日、利生は九時過ぎに家を出た。

「さつきとは一二時に川崎駅で待ち合わせしよう。銀行で入金したら、一緒にまた土地を見に行こう」

利生が家を出る前にそう言ったので、約束の時間に駅に降り立ったが、利生の姿は見当たらない。三〇分、一時間待っても姿を現さない。だまされたのではないか。不吉な胸騒ぎがしてイライラが募る。

もしやと思い、不動産会社の担当者に電話をした。

「入金がありません。もう少し待ってみますが……」

泣きそうな声で言った。やはり……。

以前、息子が「あいつはペテン師だ」と言ったことがあったが、図星であった。私に愛想をつかされないための大博打だったのだろう。とはいえ、金がないならこうした結果になるのは目に見えていたはずである。それとも私が途中で話に乗ってきて、金を出すとでも思ったのであろうか。問いただそうにも、その日から利生は姿を消し、行方知れずになってしまった。

大手不動産会社も設計図一枚で騙され、大変な迷惑をかけてしまった。私も危ないところで共犯者になるところであったが、店でのひと言と、その日の会計を相手が払うと言ったのを聞き入れずに私が出していたことで、難を逃れられたようだ。

私には関係ない、顔を見たくないと思いながらも、所在が知れないのもまた不安である。

すると数日後、やっと本人から電話が入った。最初は「あー、うー」と意味不明である。

「利生でしょう⁉　なんであんなことしたのよ」

「すまん」

「今、どこにいるの？」

「北海道」

私は嘘だとピンときた。そんな遠方へ行くお金はないはずである。そうか、あそこだな。私が思い浮かべたのは、二人で見に行ったあの横須賀の土地である。造成中の土地の片隅に、古ぼけたプレハブ小屋が建っていた。あそこに潜んでいるのではと目星をつけて、すぐに電車に飛び乗った。

目当ての小屋に人影はなく、がっかりして帰ろうと思ったところに、なんと自転車に乗って飄々と走ってくる利生に出くわした。

「なんでここがわかったんだよ」

「あなたは根っからの嘘つきだから、女の勘でここだとわかったのよ！」

利生はニヤリと笑って言った。

「心配だったんだろ。お腹空いたなぁ。なんか食わしてくれよ。二人で一緒に家に戻ろうよ」

この言葉を聞いて、私は堪忍袋の緒が切れた。

「バカ言わないで！　アンタの物は全部捨てたわ。金輪際、私に構わないで。それを言いに来たのよ！」

私はちょうど来たバスに飛び乗った。もう利生には、二度と会うまいと心に決めて。

その後も利生は何度も電話をかけてきたけれど、私は一切取り合わなかった。何度か店にいたずらをされたけれど、それも無視して放置した。無言電話もあった。

ある日突然、利生の弟だと名乗る男から電話があり、兄貴が死んだと伝えてきた。二言三言、話しているうちにピンときた。

「アッ！　その声は利生でしょう⁉」

言った途端に電話がガチャンと切れた。

こうして私と利生の茶番劇の幕は閉じられた。

息子たちには呆れられた。私もほとほと利生に愛想は尽きたけれど、不思議と後悔や恨みはない。六年間、この男を愛し続けたのも真実。これまで気づかなかった自分の中の女としての弱さと強さを知らされることにもなったのだ。

それからも私は二四時間をできる限り有効に活用した。夜はもちろん午前二時までお店の仕事をするが、昼間もさまざまな活動をした。仕事に生かせるように本格的にカラオケを学び、最終的には全国カラオケ指導協会の最高ランクである「教授」の認定を受けた。「演歌店」と言われるほど有名になった。

そのほか社交ダンスをたしなみ、ジムで体を鍛え、時には旅行にも行った。

その思い出のお店も、一九年の歳月を経て、私が六五歳のときに息子にバトンタッチしたのだった。

Talk 5
ウグイス嬢物語

七〇歳を間近にして、突然舞い込んだ選挙応援の依頼。忘れかけていた熱い血潮が体の中に沸き起こる。天性ともいうべき人を惹きつける美声の持ち主のウグイス嬢は、懐かしの舞台でいっそうの華やぎをもたらすのだった。

今、再びの美声とどろく

「折り入って、お願いがあるのですが」

「エッ、私に？」

知人の紹介で二か月ほど前に知り合ったばかりの女性から、突然の依頼が舞い込んだ。間もなく始まる市議会議員選挙で、新人候補の手助けをお願いしたいというのが、その女性からの依頼だった。

かつての私の武勇伝を噂に聞いたのだろう。とはいえ、見た目はともかくまもなく七〇歳になろうとしている私に、なんとウグイス嬢をしてほしいと声がかかったのだ。

予想だにしていなかったことに驚いたものの、遠い昔の記憶が蘇り、熱い血潮が全身を駆け巡った。心地よさに酔う自分を発見したのだ。こうして私は数十年ぶりに、厳しい選挙戦の渦に巻き込まれることとなった。

新緑の美しいS市は、奇しくも亡夫が若き日に新任地として勤めた忘れられない土地でもあった。早咲きの桜も散り、陽春の光きらめく四月一五日、私は現地入りした。

七日間の選挙期間中、私が依頼を受けた候補者の元では、四二組で部隊を構成して選挙演説の応援をすることになった。五〇名ほどの若い茶髪の美女軍団のウグイス嬢の中にあって、唯一、今もなお緑の黒髪を誇るウグイス嬢が混入している感じであった。

さっそく黄色いお揃いのユニフォームに腕章をつけ、「遊説隊、ただいま出発しま〜す」となる。それぞれに選挙カーに分乗し、白い手袋で手を振る四人のウグイス嬢の声が交代で流れる。

さて、私の順番がやってきた。しばらくこの世界から離れていたとはいえ、選挙カーに乗ってマイクを握れば、自然とかつての自分が戻ってくる。半世紀を経ても私の昔ながらの美声は変わらず、通行人を魅了するインパクトは十分にあった。皆が足を止めてくれるのに手応えを感じる。

仲間たちからは口々に「さつきさんの声は、一味違うのね」「若い声で素敵よ」と、驚きと感動の高い評価が寄せられる。

一回り、予定したコースを巡って事務所に戻ると、新人候補のH子さんの親族であり、今回、私を引き抜いた彼女が待っていた。他のスタッフから寄せられる賛美の声を聞いて嬉しそうである。笑顔で私に「おかえりなさい」と声をかけてくれた。

これまでいくつもの選挙戦を戦ってきたけれど、後援会の皆さんの温かな雰囲気は、私の過去の経験のなかでも最高！ 初陣のこの日すでに、私は心の中で「当選間違いなし」と太鼓判を押した。

我が懐かしの選挙戦

二回目の遊説までの休憩時間、急に遠い昔が懐かしく蘇った。

初めてウグイス嬢を経験したのは、一八歳で入社した鉄道会社でバスガイドを務めていた頃のことだ。会社の労組から推薦された大先輩の市議会議員選挙で、突然の業務命令で軽トラックの荷台に乗車し、寒風吹きすさぶ海辺の町で懸命にマイクを握った。当時はまだ候補者も遊説者も男性一色だったから、紅一点の私は注目の的となった。

本業以上にたぎる情熱は、水に放たれた魚のごとく、私の本懐とするところであった。すぐにウグイス嬢の魅力に取り憑かれ、ハードスケジュールも苦にならず、連日連夜、立ったままで長時間、荷台の上から声を枯らした。毎日が充実して実に楽しかった。

それ以来、他市からも何度か声をかけられて選挙応援に駆り出され、いつしか〝選挙カーの女王〟と呼ばれ、珍重されてきた。その頃に、巷の噂を聞いた地元の警察署長から、交通安全運動の広報活動のウグイス嬢に私をお借りしたいと依頼され、それ以来、年二回の交通安全運動期間には、会社から派遣されるのが慣例となった。

その縁で警察官である夫と結婚してからは、ウグイス嬢の役目は打ち止めと決意した。

ところが二人目の子どもを身ごもっていたとき、突然、Y市長が訪ねてきた。私に選挙応援をお願いしたいという。

Y市長は、その四年前の初代市長選を激戦で制した方である。この土地は古い風習が残る、土着的体質が強い土地柄である。元町長との一騎打ちに、Y市長はいかに苦戦を強いられたことか！

あのとき、私は全力投球で頑張り、声は枯れた。その甲斐あってか、Y市長が二六〇票という僅差で接戦を制したのだ。

「あなたの力です。ありがとう、ありがとう」

当選したY市長が嬉し泣きをしながら感謝していたことが、今も私の脳裏に焼き付いている。

そして、再び「二期目もお願いします」と自ら頼み込んできたのだ。

あの日の感激が昨日のことのように押し寄せてくる。だが私には引き受けられない理由があった。

「応援したいのは山々ですが、公務員の妻は選挙応援が禁じられているのです」

と丁重にお断りをした。

その後、Y市長の落選を知った。たった一期で終わった無念と、遊説の重要性を考えさせられた一コマであった。

子どもたちが小学生になり、再びバスガイドの仕事に復活していたときのことである。ある日、珍しく家にいた私は、チャイムの音に玄関へ出ると、地元の名士でもあるO君が立っていた。O君は昔の同級生で、地元の有名議員の青年部長を務めている。

「さつきちゃん、今回の四期目は、ちょっと苦戦しそうなんだ。なんとか頼むよ」

「行きたいわ。でもダメなの」

夫は現在も警察官。公務員の立場に変わりはない。だがいったんは断ったものの、私の体内では血が騒いでいた。

「せっかく来てもらったのだから、私が表舞台に出るのはダメだけど、新人のウグイス嬢の原稿指導など、裏方で良かったら……」

自分の内なる情熱に逆らえず、思わず答えてしまっていた。

私は旧姓を名乗り、遊説車に同乗することとなった。特急電車停車駅の駅前広場には、勤め帰りの人々が長蛇の列を作ってバスを待っていた。ほとんどの人は私たちの方を見向きもしない。私はとっさに女子大生のウグイス嬢からマイクを取り上げた。

「皆様！　S候補をよろしくお願いします！」

私の声に変わった瞬間、全員の目が遊説車に向けられた感動に、ついつい私は一時間ばかり、駅前で大演説。掟を破ってしまったのである。

その夜、夫の口から思いもよらない言葉を聞いて愕然とした。彼の勤務先の警察署にタレコミ情報が入り、上司から「奥さん、選挙カーに乗っているのか？」と詰問されたという。

悪い妻は心の中で「ごめんなさい、ごめんなさい」と呟いていた。

もう二度とウグイス嬢はやるまいと、心に決意をしていたのだけれど、世間はそれを許してくれない。

数年後の秋の行楽シーズン、温泉一泊旅行の団体は消防団の一行であった。その帰りのコースで、前列に座っていた恰幅が良くて口うるさい団長が言った。

「ガイドさん、来年の話で鬼が笑うかもしれないが、頼みがあるんだよ」

団長は、東京都の区議会議員だった。一年ほど前にも、同じように頼まれたのは、若いカップルの結婚式の司会だった。私の過去を知らない人がウグイス嬢の依頼とはと、内心嬉しく思いながらも断った。

「横浜の郊外に住んでいるので、無理です」

「心配いらん。家のアパートが空いているので、食事付きで住み込んでやってもらいたい」

こちら側の事情など聞こうともしない強引さ。どうも三七歳の私を、若い独身娘と勘違いしている様子に思わず苦笑してしまった。夫の仕事の関係も、県外なら大丈夫だろうと夫を説き伏せて、熱心な申し込みについ承諾をしてしまった。

翌年、約束通りに現地入りしてみると、すぐに後悔の念が湧いてきた。地元の後援会長から聞いた話では、四年前の選挙は落選からの繰り上がり当選だったというのだ。今回もかなり厳しい戦いとなることが十分に予測できた。

しかし、引き受けてしまった以上、これまでの〝全勝の経歴〟に汚点をつけたくはない。持ち前の闘志が湧いて、今までにも増して日夜奮闘した。ウグイスの声には力強い魂がこもり、有名人が住む名だたる住宅街を席巻し、魅了し尽くした。

候補者は序盤の不利を覆して、見事に当選。前回から四人抜きの快挙で、忘れられない選挙戦となった。

勝利の女神は輝きを失わず

その後の人生、波乱万丈の歳月が流れ、いつしか古希を迎える年齢となったが、そんなときに再び羽ばたいたウグイス婆。全力を出し切ったという達成感で結果の報告を待ち望んでいると、Ｓ市からバンザイの朗報が届いた。

勝利の女神は健在なり！

半世紀に及ぶ私の歴史の中に刻まれた厳しい選挙戦、数々の名場面が私の脳裏に克明に残っているが、このとき「Ｈ子さん、おめでとうございます！」と言えたこの朗報こそ、最高に光り輝く勲章に匹敵するものだろう。

私の頭の中に協力支援者の人たちの満面の笑みが浮かび、歓喜の興奮が渦巻いていた。最高の感激であり、感動であった。

短時間しか関われなかったよそ者の私ではあるけれど、見ず知らずの町での温かい、素晴らしい交流を大切に、この感激を我が人生のアルバムの中に組み入れたのであった。

命ある限り元気に羽ばたき、「ホーホケキョ」と囀（さえず）れ、ウグイスよ！

エピローグ

「私のこと、覚えていますか？ ポスターを見て、あなただと知って講演会に駆けつけました」

『伊勢さつき講演会』を無事に終えた後、会場にいた一人の男性から声をかけられた。私は同年代の人に比べたら、かなり記憶力はいい方だと自負しているが、そのときは男性の顔を見てもすぐにピンとこなかった。ちょっと困っていると、男性は笑いながら言った。

「あなたとは二〇年ほど前に、ダンスを一緒に踊りましたよ」

〝ダンス〟というヒントをもらい、はるか昔に記憶を巡らせたとき、ようやく心当たりのある男性を思い出した。

私は四〇代の後半から社交ダンスに夢中になった。その頃にダンス旅行で知り合ったある新宿在住の男性とは三〇年来のダンス友であり、今でもパートナーとして月に一回、都内唯一の生バンドの大ダンスホールで踊っている。また、椿山荘やヒルトンなどのホテルの大ホールで先生とデモ（デモンストレーション）に出演し、最高の醍醐味を知った。

二〇年以上も昔、週末にはダンスホールやホテルなどに足を運んでいたし、ダンス旅行に参加してもいたから、いろいろなパートナーと一緒に踊った。そこで知り合った男性の一人が、ずいぶん年齢を重ねて変化してしまったけれど、確かに彼だと気づくことができた。

「まぁ、懐かしい」と声を合わせ、わざわざ足を運んでくれたことの礼を言った。そのときに「今度、一緒にお茶でも飲みましょう」と約束をしたのが縁で、彼とはその後もときどき会うようになった。

一流企業のエリート幹部だった彼は、九〇歳を過ぎた今も矍鑠（かくしゃく）としている。服装のセンスも良く、会話もスマートで、とってもダンディ。私が交流しているのは年下の男性が多いのだが、珍しく年上男性でしかも九三歳ながら、一緒に時を過ごして楽しいボーイフレンドの一人となった。

彼にとっても、久しぶりに生きる張りが出てきたようで、一緒に暮らす娘さんから、「最近、おしゃれをしてよく出かけるけど、どうしたの」と、疑いを持たれていると笑っていた。

「どうしてそんなにお若いのですか?」
「健康の秘訣はなんですか?」
「何を食べているのですか?」

いつも二〇歳ほど若く見られるので、私の年齢を知るとみんな驚いて問いかけてくる。あるとき、ボランティア会場で年齢あてクイズが出されたときも、私を見て「四〇代!」という声が上がった。さすがに冗談がきついと思ったが、「五〇歳」ということで落ち着いた。自慢の黒髪にも、最近は前髪に白髪がチラホラとあらわれだしたが、それでも若く見られるというのは、いくつになっても嬉しいものだ。

若くあるために自分で何か努力をしたり、特別な工夫をしているわけではないのだけれど、ただ、自分の人生を振り返ったとき、特に夫を亡くした後の人生では、私は思うままに生きてきた。それが若さの秘訣といえばそうなのだろうとも思える。

たとえば男女のお付き合いもその一つ。

利生と別れてからは、もう本気で恋などしないと決めてはいたが、男性との良い関係は、笑ったり、怒ったりと、生きる上での刺激となり、人生の活性剤となることも知った。

お付き合いのある年下男性と、三浦、鎌倉などのデートコースに足を伸ばせば、ついつい元プロとしての習性が目覚めて観光案内に熱が入ってしまうが、「あなたは楽しい人ですね」と喜ばれたりもする。独身の妹に誘われてお見合いパーティに何回か出向いたが、いつも空振りはなく、なぜか司会者にまでなってしまう。

こうして今は深い関係にならない程度に、一緒に食事をしたり、お酒を共にしたりと、男友達との付き合いを積極的に楽しむことにしている。

最近は人生一〇〇年時代と言われているけれど、目指すは生涯現役を全うすること。七〇代、八〇代でも男女が向かい合えば、やはり同性とは異なる緊張感と刺激がある。男と女の駆け引きをしながら残された人生を謳歌するのもまた楽し、と思うようになった。

好きな趣味を持って、体を動かすことも大事。

社交ダンスのほか、四〇代の後半になってからは健康維持のためにスポーツジムへ通いはじめた。それから三〇年以上にもなるけれど、今でも時間があれば週に何回もジムに足を運び、長いときには四、五時間コースで体を動かしている。ストレッチでは開脚一八〇度ペタッと床につくのはちょっとした自慢。その姿は周りの驚異と羨望の的となり、もし開脚コンテストというものがあったとすれば、優勝間違いなし！ ではないだろうか。トレーニングマシンは一一種類をこなし、さすがにダンベルは挙げないけれど、仰向けに寝て足を上下させて腹筋を鍛えるレッグレイズは一〇〇回を目標にして頑張っている。

何かと予定が詰まっている日は、ジムに行くのが夜になることもある。その時間帯は仕事帰りの若い人が多く、その中に交じって体を動かしていると「お勤めしているのですか?」などと聞かれることもある。八〇代に入った身としては、とても嬉しい言葉である。

マシーンで体を動かした後、プールで泳ぐ。以前はエアロビクスをやっていたが、還暦を迎えたのを機に水泳を始めた。六〇歳までは〝カナヅチ〟だったのだけれど、すぐに泳げるようになって、一回に一キロメートルをノルマとしていた。さすがに八〇歳を過ぎてからは少し自重して、それでも七〇〇~八〇〇メートルをノンストップで泳いでいる。「疲れないのですか?」とよく問われ、まさしく「鉄人」とも言われている。その所以は、若いバスガイド時代に、ほとんど休みもなく二四時間フル回転のような頑張りで働いた日々が、自然と丈夫な肉体と類まれな体力を培って、今も支えていてくれるのだと思う。かつて「パットン」と呼ばれた女は今、「怪物」と呼ばれることもある。

趣味の面では、バスガイド時代に鍛えた得意の物語りを活かし、月に一回、朗読教室「さつき会」を開講し、指導にあたっている。さらに生徒さんと共に、高齢者施設へのボランティアを定期的に行っている。施設では毎回、さつき会の来訪を楽しみに待ってくれている人たちがいて、私は年齢を忘れてマイナス二〇歳にもなる気持ちで舞台に立ち、語りや歌、生徒たちは朗読を披露し、皆さんの喜ぶ姿に感動する。その他、市民ホールでの舞台も毎年恒例になっていて、今年であれば『修禅寺物語』など、会のメンバーと共に演じ物を披露している。さつき会のメンバーとは、年に一度の旅行会も開催し、民話の里を訪ね、もちろん私がガイド役になって大いに旅を盛り上げている。

興味の広がるままに詩吟、民謡、料理にも本格的にチャレンジし、つい最近からはけん玉にも挑戦して、趣味の幅を広げてきた。月に一度の社交ダンスもずっと続けている。六五歳からは観相学を学び、鑑定師の認定証をもらった。

二年前の平成二九（二〇一七）年には『昭和一二年百人の会』に入会した。

傘寿を目前にした陽春の午後、私は日本作家クラブの総会に出向いた。控室で顔見知りの作家と談笑する中で「横浜空襲」の話題になった。すると、そばにいた作家クラブのE理事がそれを聞いていたらしく、驚いたように言った。

「なんだ、君は空襲を知ってるのか！　もっと若いと思ってたよ」

このとき、ついに年齢がばれてしまったのだが、そのE理事は私が同い年だということを知ると、昭和一二年生まれの全国出身者の集い『昭和一二年百人の会』にお誘いくださったのである。

毎月一二日に都内で定例会があり、欠かさず足を運んでいる。会の有志で行われるカラオケの集いも楽しみの一つだ。つい最近では、この会の中の「ビジネス交流会」において、まだまだ新参者であるにもかかわらず私は講演を行った。

また、平成も残すところわずかとなった三月の定例会の日、少し時間が早かったため、私は池袋駅前のベンチに座り、早春の心地よい日差しを浴びていた。すると、初老の男性が近づいてきて、軽く会釈しながら隣に座ると、「遊びませんか？」と声をかけてきた。

エッ！　ビックリ！

私はナンパされたのである。なんとも奇妙な瞬間だったが、丁重にお断りしつつ、近く出版する『ウグイス嬢の波乱万丈人生物語』の話をすると、「大変失礼しました」と立ち去っていった。この日の「スマホ占い」によると、「素晴らしい一日になる」と出ていたから、きっとこのことだったのだろう。

このように私の手帳は毎日の予定がぎっしり詰め込まれていて、こんなに忙しい八〇代はいるだろうかと思うほど、あちらこちらへと飛び歩いている。だから万歩計の数字は、毎日一万歩を超えていると言うと、同年代の仲間たちは目を丸くして驚くのである。

年齢などという足かせを無くして、自分本位に生きてみる。そうすれば自然と出会いも増えて、また楽しいおつきあいが始まるのである。高齢と言われる年代に、年下男性からのお誘いは嬉しい限りであり、寂しき一人暮らしもどこ吹く風で、楽しい〝老春〟を大いに満喫させるものである。

一〇代から語りを生業にして、バスガイド、ウグイス嬢、そしてスナックのママと、いつも語りが寄り添って私の人生を豊かにしてくれた。だからこそ私のおしゃべりは楽しいと、いつもたくさんの人が集まってくれるのかも知れない。

二人の息子も結婚して子宝にも恵まれ、今では二世、三世、四世と、ひ孫二人も小学生になり、にぎやかな家族にも恵まれ、尊い先祖のルーツに感謝している。私が人生で最も愛した夫も、天国からそんな家族を見守ってくれているのだろう。

波乱万丈の人生は、ときには辛いこともたくさんあったけれど、人を支え、人に支えられて生きてきた。私の人生に関わってくれた人すべてに感謝を込めて、この本を捧げたい。

伊勢さつき

著者プロフィール
伊勢 さつき（いせ さつき）

昭和12（1937）年、横浜市生まれ。川崎市在住。

朗読教室「さつき会」主宰。川崎市宮前区社会福祉協議会（ボランティア）、日本作家クラブ会員。観相学鑑定師。

特技である“語り”を通した「マルチ活動家」。

高齢者施設などで物語や歌を披露するボランティア活動、横浜での空襲体験を語り聞かせる「横浜空襲を記録する会」などの活動に従事している。

著書に『「パットン」と呼ばれた女』『仮面の花嫁』（以上、文芸社）がある。

ウグイス嬢の波乱万丈人生物語

2019年7月15日　初版第1刷発行

著　者　伊勢 さつき
発行者　瓜谷 綱延
発行所　株式会社文芸社
〒160-0022　東京都新宿区新宿1－10－1
電話 03-5369-3060（代表）
03-5369-2299（販売）

印刷所　株式会社エーヴィスシステムズ

ISBN978-4-286-20462-8　　日本音楽著作権協会（出）許諾第1903873－901号